KB126874

글벗시선 101 송연화의 일곱 번째 시집

행복꽃

송연화 지음

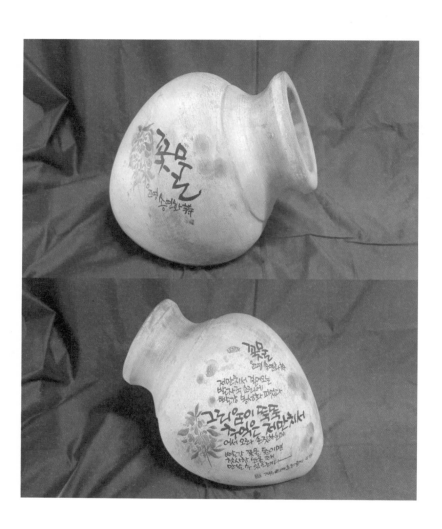

행복 꽃

송연화 일곱 번째 시집

■ 머리글

행복을 만나는 날

2018년 5월에 첫 시집 『돛단배 인생』을 낸 후에 창작활동에 전념하여 어느덧 3년간에 일곱 번째 시집 『행복꽃』을 출간하게 되었습니다.

많이 부족합니다. 열심히 배우고 있습니다. 여러 가지 어려움도 있었습니다. 글 쓰는 소소한 행복은 늘 제 마음 속에 있습니다. 더 열심히 공부하겠습니다. 더 노력하겠습니다. 글을 배우는 기쁨, 글 쓰는 행복, 참으로 즐겁습니다. 시 쓰는 즐거움을 가르쳐 주신 최봉희 선생님께 감사의 마음을 전합니다. 지금은 온 나라가 코로나 바이러스로 힘든 시기입니다. 힘을 내십시오. 꽃 피는 인생의 봄날이 곧 다가옵니다. 행복을 만나는 봄을 기다립니다.

그대와 마주 잡은 / 두 손 고이 살갑게
그윽한 향기 품고 / 살포시 살고지고
마음에 가득 품은 꽃 / 내 사랑 행복이지
– 졸시 「행복의 꽃」 전문

2020년 3월에 저자 송연화 올림

행복의 꽃

윤영송 머리회

그대와
[마주잡은
두손고이 <글갑게

그윽한
향기품고
<글포시 <글고지고

[마음에
가득품은
내<마음 행복이지

마음월하복

차 례

제2부 그리운 햇살처럼

제3부 꿈은 날개를 달고

제4부 꿈이 익는 계절

제1부

봄의 향기

희망

내가 걷고 있는 이 길이
고단하고 힘들지만
걱정해 주고 위로해 주는 이웃들
아직은 살맛난다

스스로 틀 속에 갇혀
살지 않았음을 새삼 느끼듯
함께하는 뿌듯함이 훈훈하다

위로 차 들렸어요
문 닫지 말고 기다려요

따뜻한 말 한마디가
큰 힘이 되고 위로가 된다
서로가 작은 힘 나누다 보면
위기를 극복하고
또 다시 밝은 모습으로
제 자리 찾아서 갈 테지

14_ 행복꽃

커피

비오는
늦은 오후
커피 향 가득하다

머그잔
따스함의
온기와 사랑으로

이 순간
글벗의 열정
마음에 담아둘래

보고 싶다

치악산 앞에 두고 나 홀로 거실 여행
자유여 누려보자 매혹적인 커피향기
달달한 그리움 타서 신나게 달려보자

식어가는 찻잔에 아련히 떠오르는
그리움의 조각들 사각사각 씹어본다
그리운 나의 벗들아 하늘 높이 쳐다보렴

한 동안 찾았지만 아직도 알 수 없네
아련한 추억속의 그리운 내 친구야
어디에 살고 있는지 정말로 보고 싶다

봄의 향기

한소끔 요란한
봄비가 다녀가더니
언덕에 살그머니
내려앉은 봄 햇살

쑥덕쑥덕 파릇파릇
들녘들은 분주하게
꿈틀대고 요동치듯
몸 흔들고 있었나 보다

봄이 온다
마냥 반갑다
쪼그리고 앉아
멍 하니 마주한다

봄의 속삭임
어쩐지 단내가
나는 것도 같은데
왜 진작에 몰랐을까?

스승의 은혜

지식이 풍부하여
한평생 강단으로
꼿꼿이 한시 짓고
좋아라 취미생활
보는 이
저절로 감탄
그 소원 이루셨네

스승님 은혜로움
마지막 천사 선물
두 볼에 염치없이
내리는 눈물바람
오라벙
좋아하실까
누이동생 신나요

인연꽃

두 가슴 열어 놓고
사랑 한 올 고이 심어
온갖 정성 들이면
싹이 나려나

무정한 사람이
떠나간 빈자리엔
얼룩진 상처뿐
바람만 휘이휘이

추억을 던져 버리자
흔적도 지워버리자
지난 세월 묻어버리자
그 자리 정을 심어보자

새로운 싹이 돋아날까
봄이 되면 사랑꽃 피려나
인연의 사랑꽃 또 피려나
그 사랑꽃 기다린다오

빗물

밤새도록 봄비가
하염없이 내린다
세상의 온갖 더러움들
말끔히 씻기어 가라고

양철 지붕 위 요란스레
동 동 동 하루 진종일
쉼 없이 내리는 빗줄기
세차게 퍼붓는다

하늘의 슬픔이런가
땅을 품어 주기라도 하듯
온통 눈물로 적셔주듯이
뒤엉켜 범벅이 되었다네

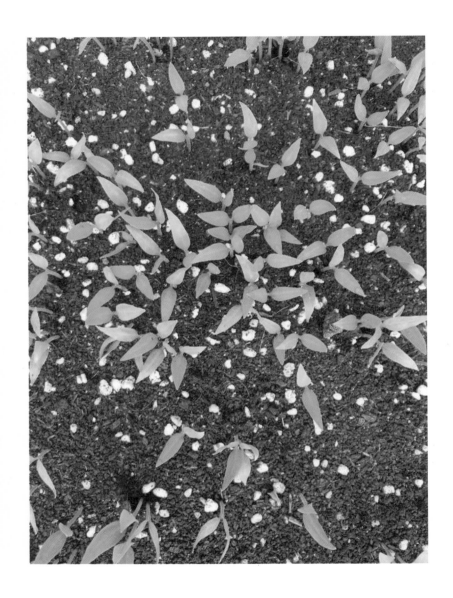

꼬물이들

세상사 시끌시끌해도
비바람 몹시 불어도
긴긴 겨울 헤집고

봄은 그렇게
또 우리들 곁으로
한걸음씩 다가와 있었다

새싹들
어린 꼬물이들
뾰족이 고추 묘목들

앞집 하우스 농장엔
희망이 살포시 자라고
농부의 꿈 땅에 내린다

반갑게 잡은 두 손
얼굴에 환한 미소가
보름달처럼 곱게 번졌다

꿍진단

시동생
깜짝 방문
아프지 말라면서

귀한 걸
선물 주네
꼭 챙겨 먹으라고

공진당
챙겨 주심에
주르륵 눈물 나네

행복꽃

시골 집
며칠 동안
조용히 쉬다가자

맘먹고
왔더니만
정겹고 아늑하다

그대랑
함께 한 공간
행복꽃이 피네요

쉬어가자

맘 편히 쉬어 가자
지친 맘 내려놓고
시골집 가장 편하게
하루를 즐겨본다

파란 하늘을 맘껏 담아보고
둘레 예쁜 이웃들도
여유롭게 담아보네
소소한 즐거움에 푹 빠져본다

여름날 느끼지 못했던
이 자유로움
건너 마을, 이웃동네
모두가 아름답구나

이곳에서 넉넉함으로
즐겁게 살아보자
자연을 닮아보자

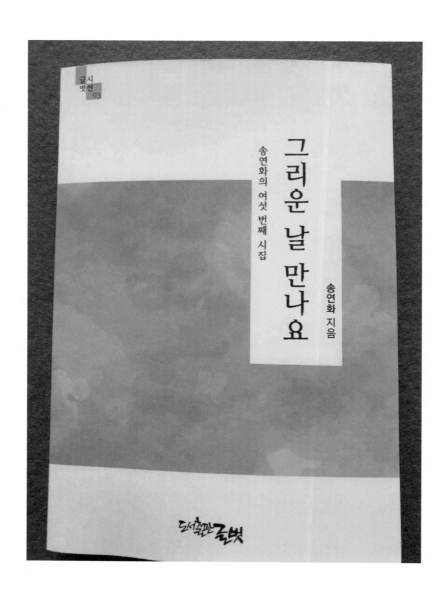

사랑아

그리움 파도처럼
철썩철썩 부딪쳐
물결은 멀리멀리
가슴은 콩닥콩닥
사랑아
데려가 주오
그리운 날 만나요

그대와 한 몸 되어
부부란 이름으로
살갑게 살았지만
친구가 보고 싶소
그대여
허락해 주오
신나게 놀다 오게

바람 부는 날

덜커덩거리는 바람소리
창문을 두드리는 소리
바람 한 점에도
스치는 마음은 외롭다

꽃밭머리 나란히
도란도란 여유롭게
정겹게 차 마시면서
즐겼던 옛 추억들

코로나 뉴스 때문에 방콕
어디까지 가려는지
익숙하지 않은 문화
불편함 감수 해야지

향이 가득한 모과차
사이에 두고
어쩌랴 이 기분
바람 때문일 거야

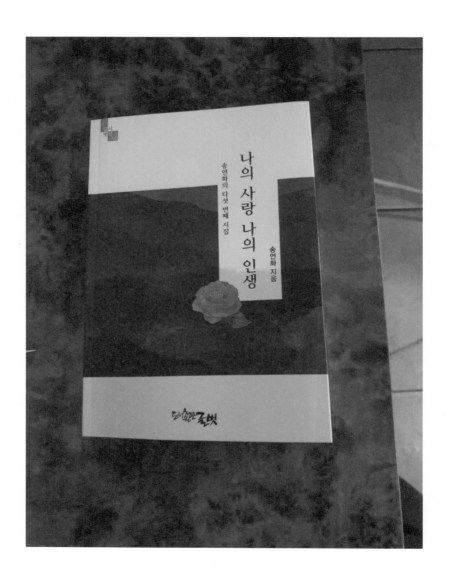

나의 사랑 나의 인생

송연화의 다섯 번째 시집

송연화 지음

그리운 날 만나요(2)

자연과
벗하면서
일상들 사진 찍고

평범한
일상 속에
행복을 찾아가는

주인공
나의 그대들
그리운 날 만나요

건강

내 마음
부글부글
찌개를 끓일 정도

짜증도
멈추어라
가족들 눈치 보네

이제는
건강 챙겨서
사랑 품고 살래요

체중 줄이기

어깨 위로 따스하게
내리는 햇살자락
살랑살랑 가볍게
걸어 보는 봄, 봄이다

멀고도 긴 여정
고된 운동과 식습관 개선
체중 줄이기가
이처럼 힘들 줄이야

굵어진 허리 때문에
요통이 시작되고
일상생활 리듬이 무너지고
방심으로 이리 될 줄이야

상상하라 그날을
거울 앞에 당당하게
화사하게 꾸미고
예쁜 옷 입는 그날을

달래

향긋한
봄내음에
즐거워 달래 캐네

알싸한
달래 향기
코끝을 자극하고

저녁엔
뽀글이 된장
입맛이 살아날까

삼월

어수선함 속에서도 삼월은 찾아왔다
나무의 꽃눈들이 볼록하게 물오르고
들녘의 일손들은 또 한해 농사 준비 중

폐비닐을 걷으면서 밭 정리 작업 시작
어깨에 내린 햇살 곱고도 따사롭다
총총히 걸어온 삼월 반갑고도 아쉬워라

농사철 되기 전에 손잡고 들과 산으로
즐거운 바다 여행 떠나고 싶은 심정
삼월의 행복한 추억 가슴에만 담으리

삼일절

태극기
동사무소
깃발을 바라본다

삼일절
국경일에
태극기 어디 있나

참말로
이상합니다
게양한 집 없어요

제2부

그리움은
햇살처럼

노란 봄

깜짝 놀라셨죠?
그대 오시는 길
전국이 들썩들썩

추위로 바들바들
포슬포슬 하늘 꽃
양탄자 곱게 깔아놓네

그대 오시는 길
치악산 비로봉에
하얗게 꽃핀 눈꽃

그대여, 어서 오소서
기쁨으로 얼싸안고
노란 봄 즐겨보세요

그리움은 햇살처럼

만날 수 없었던 사람
짠한 그리움
봄날의 아지랑이처럼
그리움 아롱아롱
피어오르네

떠날 수 없어라
다가 갈 수 없어라
속절없이 끓어오르고
보고픔 간절한데
다시 만날 길은 없어라

어이 할까나
오늘도 그리움은
햇살처럼 번지는데
보고픔 일렁이는데
어휴! 미워요. 코로나

닥터 헬기

원주천
닥터 헬기
광장길 내려앉아

대기한
구급차에
환자 옮겨 태우네

앵앵앵
사이렌 울림
촌각 다툰 생명 끈

손잡고 가자

손잡고
떠나보자
파도가 부르는 곳

그대랑
즐기면서
세상사 시름 잊고

사랑은
지금 이 순간
바다만 품을래요

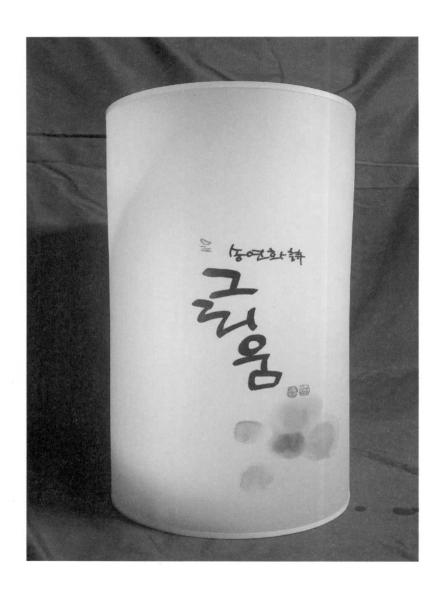

어찌 하리오

잔잔한
고요 속에
지독한 감기몸살

긴긴 밤
밤새도록
끙끙 대며 아픈데

내 남편
어찌 하오리
알란가 모르겠소

바다가 보고 싶다

파란 바다가 보고 싶다
하얀 파도가 보고 싶다

한 달에 한번씩
바다를 품고 왔는데

세상이 뒤숭숭하니
집 떠나는 게 두려워

보고픈 바다 맘에 그리다
문득 사진첩을 뒤적인다

그리움 담긴 바다
사진으로만 마주 한다

선물 같은 하루

하룻길
왜 이리도
한 뼘 밖에 안 될까

미장원
머리 손질
시간을 다 보냈네

젊어진
모습에 그만
입 꼬리가 올라가네

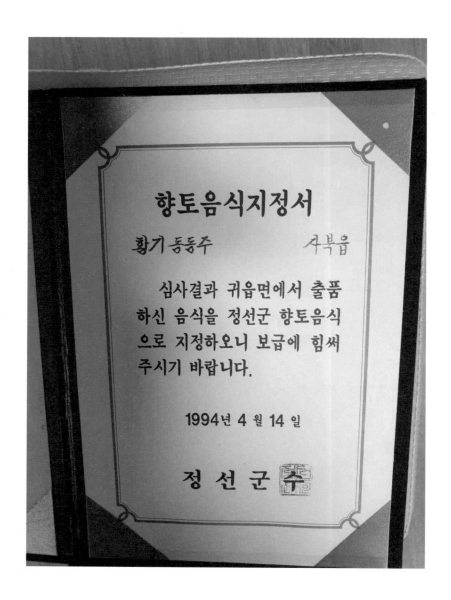

정선 오일장

내 고향 정선에는
정감어린 시골장터

오일장 다채롭게
북적북적 열려요

정선 황기는 특산품
토양 좋아 유명세

아라리 창극으로
한마당 장터 축제

부침개, 콧등 치기
다양한 향토음식

향토주 황기 막걸리
내 손으로 개발했죠

친구가
저멀리서 오라고 전화하면
보고픔 아롱아롱 아지랑이 퍼지더니
또다시 보고싶어서
천리길을 달린다

보고싶다 / 윤영 송연화

미수기카툰캘리

시를 품고

고운 시 마음 가득
친구처럼 가까이
촘촘히 나열하는
큰 흥분 작은 떨림
지금은
남편보다도
시사랑이 좋은 걸

서방님 토라져서
등 돌리면 어쩌죠
은근 슬쩍 눈치만
살짝궁 보게 되네
그래도
마냥 좋아라
시를 품고 살래요

별나라

꽃송이
송알송알
하염없이 내리고

고양이
강아지는
천방지축 뛰놀고

별나라
발자국 놀이
이보다 좋을쏘냐

눈나라

하얀 꽃송이 축제
앞이 보이지 않도록
소담스럽게 내려
한 가득 펼쳐 놓았네

환상의 설국 천지
잔치잔치 열렸네
마지막 피날레
사뿐하게 춤사위

윗동네 아랫동네
별나라 하얀 나라
소복소복 쌓여서
솜이불 덮어주었네

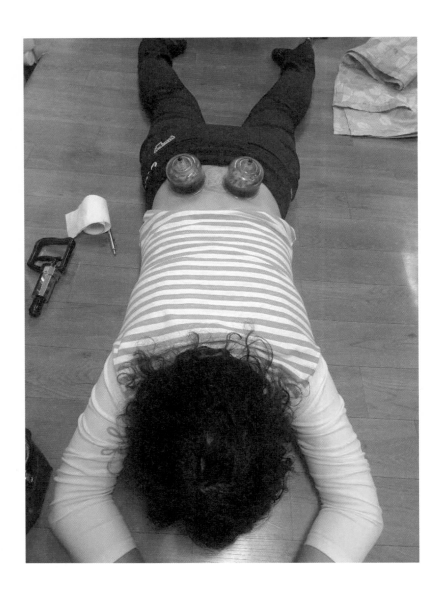

시체놀이 중

허리가 너무 아파
걷기가 힘들어서
며칠째 뒤뚱뒤뚱
짜증은 쌓여가네
아뿔싸
무슨 일이요?
침 맞고 부황 떠요

따끈한 방 누워서
지난 날 생각하니
이 한 몸 고장 나서
서러워서 눈물 나네
어쩌나
시체 놀이 중
제발 아프지는 마시오

바람이 분다

바람이 몹시 운다
슬퍼서 우는 건지
추워서 우는 건지

큰 소리 통곡 소리
마구마구 윙윙 운다
제발 좀 잠을 자렴

바람아 너도 나도
고운 밤 찰지도록
살포시 안아 보자

미지의 세계로
고운 꿈 찾아
그 길로 떠나보자

돌잔치

천사야 똘망똘망
빛나는 넌 최고야

두 가정 아름답게
이어준 고리 선물

돌잡이 잡은 마이크
손주는 싱글벙글

이제는 무럭무럭
멋지게만 자라다오

돌잔치 아장아장
걷는 너 멋지더라

예준아
오늘처럼만
별처럼 빛나기를

소박한 밥상

두 사람
함께하는
시골집 살림살이

밭에서
냉이 캐서
다듬고 손질하고

먹거리
소박한 밥상
그대와 단둘이서

넋두리

하늘이 울고 있네요
눈물이 멈추질 않아요
세상에나 너무
기가 막히나 봅니다

둘레길은 하루가 다르게
봄맞이 단장으로 참 예쁜데
어쩌나요, 이 어수선함을
끝이 보이질 않는 지요

점점 가까이에 코로나 다가오고
한 뼘 거리에 이웃사촌들인데
서로 경계하고 눈치보고
입 마스크 너머로 의심의 눈초리

이러다 인심마저 흉흉해지면
정말 큰일, 어쩐다죠

우리의 천사 같은 아이들
성격장애 될까봐 걱정입니다

놀이터 가지마라
친구랑 놀지 마라
어쩌다가 우리 사회가
이 지경까지 되었단 말입니까

콩 한쪽도 나눠먹던 인정과
문화를 베풀던 우리민족이
왜 서로 경계하고 사는지
비통할 뿐입니다

아마도 하늘도 슬퍼서
마구마구 우는가 봅니다
같은 상가 조문도 못가고
온라인으로 조문 했습니다

이 무슨 해괴한 일인지요
얼마나 썰렁할까요
이 시대가 만든 새 문화
가슴이 저미어옵니다

제3부

꿈은 날개를 달고

봄나들이

비 온 뒤 상큼하다
봄기운이 살짝
곱게 드리워지고
새봄맞이 준비 중

살갗에 닿는 바람
나뭇가지의 뾰족이
치밀어 오르는 새순들
소풍 나온 들녘의 연둣빛들

추운 겨울을 박차고
맘껏 즐기려는 봄의 축제
저마다 준비 중이다

가보자 봄맞이 하러

소소한 일상

아침에 눈을 뜨면
핸드폰 열어 보고
소소한 일상 속을
기쁨으로 맞을 준비
다람쥐 쳇 바퀴 돌듯
주방을 뱅글 뱅글

이 하루 날아 보자
둥실둥실 두둥실
날개 없는 이 한 몸
마음은 아니 벌써
콩콩 콩 밥을 지어서
내 사랑 글벗으로

글벗시선 90
나의 사랑 나의 인생
송연화 지음
글벗시선 82
아름다운 동행
송연화 지음
글벗시선 81
돛단배 인생
송연화 지음
도서출판 글벗

꿈은 날개를 달고

잠자던 꿈이 살짝
살며시 다가와서
살랑살랑 깨어나
오솔길 찾아가네
뒤뚱이 아기걸음아
어서 가자 신나게

자식 같은 시집 출간
한 권 두 권 쌓여가니
가슴은 콩닥콩닥
나의 삶 나의 사랑
까르르 해맑은 웃음
행복꽃이 피었네

노루궁뎅이 차

여름 날 깊은 산속
오르막 내리막 길
물올라 살이 통통
몽실몽실 자연산

귀한 몸
노루궁뎅이
비싼 몸값 하려나

따스한 향기 담아
한 모금 두 모금씩
내 한 몸 건강 지키듯
행복으로 가는 길

불안함
싹 날려 쌩긋
건강한 몸 최고야

봄날

포근한 날씨 속에
봄날은 아장걸음

우리들의 곁으로
샤방샤방 오겠지

꽃 피워
향기 속으로
빠져들게 하려고

세상사 시끌시끌
코로나 바이러스

전국을 움츠리게
마스크 무장해도

따스한
봄날이 오면
사랑꽃을 피우리

인사

손님이 계단으로
또각또각 오신다네

반갑게 주고받는 인사
어서 어서 오세요

아이쿠, 어서 오긴요
내 집에서 왔지요

까르르 넘어 질듯
웃음으로 넘기고

따뜻한 차 한 잔을
손님께 대접하네

오늘도 나의 일터엔
달빛 꽃이 번진다

늦사랑

젊으나
늙어서나
사랑은 똑 같은데

아픔과
시련 안고
살아가는 시동생

보름 달
높이 뜬 날에
사랑님 찾아왔네

복수초

복수초
겨울 내내
얼음장 밑에 꿈틀

새싹을
꽃망울로
활짝 피워 곁으로

첫 만남
얼음새꽃은
영원한 행복이라죠

텃밭

맘 놓고
교외활동
할 수가 없는 요즘

발걸음
텃밭으로
달려가면 만나는 꽃

꽃망울
발자국 소리
놀라지는 않았을까

생일 밥상

새 동서가 차려준 시동생 생일 밥상
사랑으로 차린 상 오곡밥에 반찬들
가지런 상 차림새에 입맛을 돋우었네

늦사랑 귀한 인연 새로이 맞이하여
알콩달콩 한평생 예쁘게 살아주면
이보다 더 좋을쏘냐 나 홀로도 사는 삶

새 동서 생겼으니 진심으로 좋았어라
보듬고 아껴주며 한 가족 희망품고
형, 아우 섬기는 삶 따스한 정 나누세

보름달

새하얀 박덩이 하나
나무위에 걸터앉듯
온 누리에 휘영청

대보름 달 두둥실
하얀 달빛 한 아름
밤나무 사이 살포시
내려앉는다

살금살금 창문 타고
커튼을 젖힌 순간
밤하늘의 별과 구름
하얀 달빛 데이트

정겨운 시골집에
누워서 보는 밤하늘 풍경
맘껏 담을 수 있는 큰 행복
이 밤의 데이트 기쁨이어라

고운 달님

살포시 오신 달님
아파트 전깃줄에서
외줄타기 곡예 중

상가 주인들
하나 둘 모여들어
합장하고 소원비네

알알이 부서지듯
내리는 하얀 달빛
황홀한 밤은 깊어간다

달님

두둥실 둥근 얼굴
보름달 떠오르면

마음 속 소원 담아
달님께 빌어볼까

두 아들
배필 만나서
웨딩마치 울리게

신나라 덩실덩실
춤을 추는 그날의 꿈

오늘 밤 소원 빌자
간절함을 담아서

손꼽아
기다리는 맘
내 맘 알까? 달님은

갈대 (2)

겨울의 끝자락
바람이 머무는 곳
갈대가 춤을 춘다

바람에 한들한들
현란한 춤사위들
싸그락 싸그락
부대끼는 노랫소리

온 몸을 토해내듯
요리조리 나불대는
대공들의 마지막 합창

봄은 살며시 다가오는데
떠나가기 아쉬울까?

마지막 축제 즐기듯이
몸 흔드는 아우성

하루

까만 밤을 하얗게
아픈 눈 지새우고
새아침을 맞는다

코감기 목감기로
여러 날 힘든 탓에
병원 가기 두려워라

근접 이웃 동네
어수선하니
두려움에 덜덜 떨고

장사도 어려워서
거리도 썰렁하니
요즘은 모두가 힘든 세상

봄이 오면
모두들 기쁨으로
만날 수 있으려나

온천욕

온 몸이 찌뿌둥해
살랑살랑 온천욕 행
입구엔 마스크로
손님들 완전 무장
언제나
이불 안에서
해방 되려나 큰 걱정

온천탕 모락모락
피어오른 열탕 열기
그 속엔 아름다운
웃음꽃 활짝 피니
손님들
오가는 인사
사랑꽃이 몽글몽글

보고싶다(3)

또랑또랑
그리운 봄
마냥 보고싶다

봄아! 봄아!
모퉁이 지나
신작로 초입까지

한바탕
셈 놀이 스무 고개
흠뻑 빠져 기다린다

초대

시집을 새로 출간
고생 많이 했다고

남편 친구 한 분께서
우리 부부 초대하네

껌 딱지 부럽다면서
응원 용기 주시네

그렇다
사랑으로 살자
울긋불긋 화려하게

제4부

꿈이 익는
계절

고드름

거꾸로
대롱대롱
매달린 묘기 행진

고드름
기와지붕
신나게 쭉쭉 자라

영롱한
보석 되어서
반짝반짝 빛나리

낮달

치악산
산마루에
걸터앉은 짧은 해

달리기
뜀박질에
낮달이 성큼 뜨고

향로봉
눈 덮인 설산
해와 달이 친구네

살다보니

올망졸망 항아리들이 나란히 나란히
한 살림 차려져서 뿌듯하고 즐거워라
실실한 웃음으로 마음 가득 넘쳐나네

항아리 가득가득 된장과 막장으로
햇볕을 받은 탓에 알맞게 따끈따끈
맛있게 익어가는 숙성의 시간들

가을까지 긴 기다림 사랑으로 보듬어서
매일매일 닦아주니 반짝반짝 윤이 나네
언제나 신나는 기쁨 미소로 대할 거야

나의 밥상에 임들의 식탁으로
아름다운 준비, 여행 떠날 준비
그날을 기약하듯이 추스르는 내 마음

꽃샘추위

포근한
봄날이라
좋아라 했더니만

심술 난
꽃샘추위
흰 눈 펄펄 내리네

온 종일
매서운 추위
이 몸 떨게 하누나

입춘대길立春大吉

오늘은
입춘대길
봄이 오신다기에

살며시
대문 열고
기다리고 있었어요

살갑게
안아 드릴께
조곤조곤 오소서

고성 라벤더 축제

그리움이 몽글몽글
아지랑이 피어나듯
가슴 골 깊은 시심
행복꽃 방글방글

고운 꿈 활짝 펼칠
글벗 가족의 꽃 사랑 잔치
작은 나눔 속에 큰 기쁨

라벤더 시화전이 열리는 곳
강원도 고성 어천리 마을

보라색 물결 파도치듯
꽃향기가 넘쳐나네
아, 우리 만나자
고성 라벤더 축제

눈꽃

깊은 산
고즈넉한
동화속의 산사엔

사방이
눈꽃으로
방글방글 활짝 피니

온 마음
상큼한 기쁨
벅차오르는 행복

꿈이 익는 계절

글 마음 사랑마음
가슴에 피는 열정
고이고이 품은 마음
봄아, 봄아 오너라
산 넘고 물을 건너서
함께 가자 어천리

꽃 찾아 향기 따라
벌 나비되어 훨훨
보랏빛 물결치는
유월은 꿈 익는 날
향기로 가득 품은 꿈
글벗 시화 만나자

등산

날씨가
포근해서
맘을 먹고 산행 시작

꼬부랑
오르막길
돌고 돌아가는 길

백 고개
숲길을 돌아
낙엽 길을 자박자박

삼삼회 모임

친구랑
승용차로
함께 떠나는 지금

즐거움
넘쳐나서
하늘을 향해 날고

모이자
삼십삼인 모임
그리운 얼굴 만나자

썰렁해진 거리

사람들이 북적대던
시장 통로 썰렁하고
한산하다

모두가 집 안에서
건강을 지키는 삶

침체된 삶의 모습
모두가 죽겠다고
아우성만 가득하다

이 아픔
언제 끝나겠는가?

신종 코로나 바이러스
너 이제 잠잠히
말끔하게 물러가라

산책길

원주천
산책로 길
내 사랑 함께 하네

정답게
오손도손
데이트 하는 시간

즐기며
걷는 이 길은
볼거리에 눈 호강

더덕즙

내 고향
정선 산골
비탈진 산기슭에

산돼지
망쳐 놓은
육년 근 더덕 농사

즙내려
건강 지킴이
장수로만 살아보세

봄이 오는 길목

새봄이
쏙닥쏙닥
화단이 속삭이네

푸른 싹
뾰족 뾰족
다소곳이 치밀고

포근한
봄날의 햇살
한 발자국 걸어오네

비둘기

비둘기
가족들이
모여서 구구 합창

오가는
사람들은
귀엽다 먹이 주고

다리 위
난간 벽 사이
옹기종기 겨울 나네

눈 구경

하얀 눈
소담스레
펑펑 쏟아져 내려

온 세상
겨울 왕국
풍덩풍덩 빠져 드네

어른 들
흠뻑 눈 놀이
마냥 행복하시다

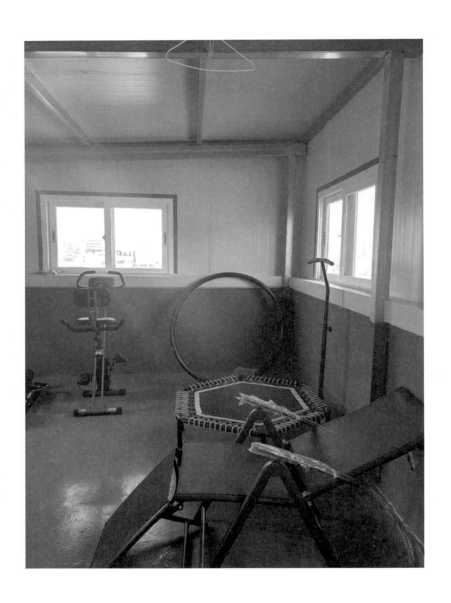

운동

나 홀로
옥상에서
운동하는 시간들

몸무게
늘어나서
돌리고 방방 뛰고

오늘도
살과의 전쟁
고단하고 힘드네

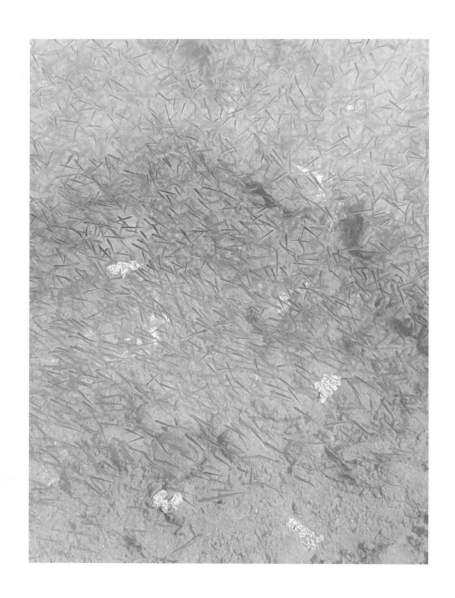

시냇물

시냇물
잔잔하게
흐르는 실개천에

버들치
미꾸라지
잡으며 놀던 시절

지금도
눈앞에 어려
그 시절이 그립다

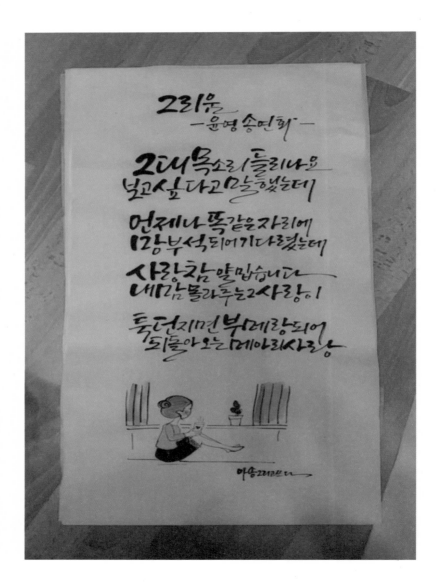

제5부

새들의 집

상고대

앙상한
겨울나무
상고대 꽃이 만발

가지가
휘어지게
소담스럽게 활짝

등산객
가슴이 설렘
좋아라, 신이 나네

봄 색시

목소리
들리나요
봄이 불러주는 노래

봄 색시
소곤소곤
모여서 속삭여요

그대들
몰려서 오면
수줍어서 어이할까

새들의 집

저 만치 봄은 오고
살랑거리는 발걸음은 둑방으로
파란 하늘 쏟아질듯이
예쁘기만 하여라

눈에 보이는 들녘
살짝 물오른 나무들
저마다 봄맞이 준비
요동치며 봐 달라 하네

높다란 나무 위
정겨운 새들의 집
사랑 나누며 알 품고
쫑쫑이 새끼 부화 중

제 새끼 지켜내려
높은 곳 둥지 지었네
새들도 꽃피는 봄날
기다리고 있었을까

겨울비(2)

겨울비
주륵주륵
온종일 내리는 비

손님들
투덜투덜
어두운 표정이네

꽃처럼
곱고 예쁘게
방글방글 웃어요

버들강아지

개울가 버들강아지
두툼한 모자 벗어 던지고
얼굴만 쏘옥 내민다

아직은 애송이
보드라운 털이 송송
엄동설한 잘 견디네

반갑다 버들강아지
화살 촉 뾰족뾰족
보드라운 널 어루만지네

손 두부

콩 불려
맷돌 돌려
쓱싹쓱싹 갈아서

가마 솥
콩물 끓여
간수 얹음 몽글몽글

두부 꽃
하얗게 피어
맑은 웃음 번지네

하롱베이 바다동굴

하롱베이 크루즈 여행
바다에 우뚝 솟은
2천여 개의 돌섬들

작은 배로 옮겨 타고
바닷길로 이동
웅장하고 커다란 동굴도착

계단을 오르락내리락
또 다른 문화를 접하면서
새로운 세계의 볼거리

운동장 같은 커다란 동굴 안
거꾸로 매달려 자라는
여러 모양의 재미난 종유석

이 곳 저 곳 돌면서
진귀한 별난 체험에
즐거운 여행길이어라

베트남의 밤

호텔방의 아늑한 침실
익숙하진 않지만
애써 잠을 청해 봄이다

며칠째 시작된 여행
집 생각이 나기 시작

김치찌개 청국장이
더욱 더 그립구나

바람의 울음소리
귀신들의 마법주문

창문을 깨기라도 하듯
갈기갈기 찢을 듯이

테라스 바람 울음
까만 밤 하얗게 지새운다

하롱베이 크루즈여행

망망대해 바다 위 선상
크루즈 여행
세계 각지 여행객들
한곳에 어울리네

언어는 통하지 않아도
즐기는 모습은 비슷비슷
사진을 한 컷 한 컷 담아두듯
신비스런 풍광에 푹 빠지네

바다를 빙 둘러 안은
동그랗게 둘러친 돌병풍
바다에 우뚝 솟아오른
크고 작은 돌섬의 신비로움

여섯 시간의 대 장정 속
눈으로 담고 사진에 담고
황홀한 기분은 나풀나풀
이 시간 충분히 즐겨보련다

축복의 인연

좋은 사람이랑
함께 할 수 있다는 건
행복한 축복이라

소중한 나만의 그대
늘 함께할 수 있음에
고맙고 감사해요

여행길에 마주보며
즐겁게 지내는 내 사람
사랑할 수 있어 다행입니다

이 순간의 아름다운 사랑
멈추지 않는 열정으로
마음은 따스함으로

사랑하며 살기에도 부족한 삶
우리 둘의 남은 삶을 더욱 빛나게
곱게곱게 멋지게 살아보려네

앙코르 와트

밀림지역의 거대한 숲
사이사이 성지
황톳길 따라 이어지는 사원
도저히 믿기지 않는 기술

가이드 설명을 듣고
돌아서면 금세 잊어버리고
다리가 꼬이도록 걷고
또 걷는 힘든 투어지만

웅장한 사원 앞에서 새삼
놀라지 않을 수 없다
커다란 바윗돌로 기둥 세워
깎아 지른듯한 절벽 조각상

인간의 한계가 어디까지인지
쌓아올린 탑 벽면의 돌
사원을 수십 년 동안 지은 대공사
그럼에도 아직도 미완성인 채 관람 중

하늘 길

공항에서 이륙하니
여객기는 거침없이
하늘로 날아오르고

창문 사이로 비치는
햇살아래 구름바다 뿐
아! 이럴 수가

몽실몽실 구름 따라
폭설이 내린 모양
켜켜이 이룬 장관

하얀 백설기 떡처럼
층층이 꾸민 삼단 형상
마냥 신비로워라

여행길

떠나 보련다
우리 두 사람
즐거움 가득
콩닥거리는 마음

다 내려놓고
홀가분한 맘으로
일상에서의 대탈출
미지의 세계로

마구마구 설레고
즐거운 흥분으로
마음은 두 날개 달고
목적지로 향한다

농사일 가게 일에
쉴 새 없이 바삐 살던 몸
잠시라도 여행길에서
편히 쉬어 보련다

행복을 꿈꾸며

평범한 일상에서 오는 무력감
몸은 천길 나락으로 떨어지니
행복의 온도는 하강중입니다

출렁이는 가슴을 부여잡고
마음 밭에 사랑 씨앗을 골라
한 알 두 알 정성껏 심습니다

새싹이 움트는 내일을 꿈꿉니다
무성한 잎이 줄기를 뻗어가듯
그날은 행복나무를 꿈꿉니다

행복의 글꽃을 피우는 시심

최 봉 희(시조시인, 평론가, 글벗 편집주간)

삶이라는 도대체 무엇일까? 아까운 삶을 허비하지 않고 나만의 개성을 발휘하는 삶, 복잡다단한 이 세상과 살을 맞대고 살아가며 나눔을 실천하는 삶, 그런 삶이 진정한 의미의 삶이 아닐까 한다. 삶의 의미를 이해하려면 선인들의 지혜에 귀를 기울이여 한다. 그 지혜를 꾸준히 축적해 온 앎과 접목시키는 것도 매우 중요하다. 그런 의미에서 필자는 '삶은 경험이다'라고 말하고 싶다. 행동하고 느끼고 생각하는 것, 그것이 진정한 삶이 아닐까?

미국 프린스턴대학교의 심리학자 대니얼 커너먼((Daniel Kahneman, 1934~)은 인간의 자아는 두 개의 서로 다른 자아로 구분한다. 하나는 '경험 자아(Experiencing self)'로 지금 이 순간이 현재를 경험하는 자아이고, 다른 하나는 '기억 자아(Remember self)'로 기억 속 과거의 삶을 해석하고 평가함으로써 규정되는 자아다.

지금 이 순간만을 느낄 수 있는 '경험 자아'는 순간순간의 감정에 반응하며 '기억 자아'는 지나간 일에 대해 기억된 내용을 해석하고 의미를 부여한다. 따라서 경험 자아와 기억 자아는 행복에 대해서도 서로 다르게 반응하고 있다. 경험 자아의 행복은 정서적 행복으로 순간순간의 감정적 반응으로서 실시간의 모습을 통해 살펴볼 수 있다. 그러나 기억 자아는 행복은 인지적 행복으로 삶의 만족감, 삶의 의미 등으로서 회고적인 것에 의존한다.

대한민국은 경제적 측면에서 상대적으로 높은 수준의 물질적 풍요를 누리고 있다. 하지만 정서적 행복감은 각종 통계 보고서를 감안할 때 바닥 수준을 면치 못하고 있다. 열심히 노력하나 전혀 즐겁지 못하다는 것이다. 어떤 사람들은 노력을 통해 삶에 대한 의미를 부여하는 것에 능숙한 반면, 지금 이 순간의 행복을 누리는 것에는 다소 미숙하다는 것이다. 자신의 내면에서 즐거움을 느끼지 못하고 남을 판단하고 환경을 탓하면서 불평불만이 앞서는 경우도 많다. 이와 반대로 어떤 사람들은 과도하게 지금 이 순간의 즐거움만을 추구하면서 삶의 의미를 놓치기도 한다. 이러한 상황에서 인지적 행복과 감정적 행복의 총체적인 균형이 잘 갖추어진 건강한 삶은 도대체 어떤 삶일까?

교육학과 긍정심리학의 대가인 칙센트 미하이(Mihaly Csikszentmihalyi, 1934) 교수는 행복은 '몰입'에 있다고 말한다. 다시 말해 자발적으로 선택한 오감 활동을 통해 관계를 형성하면서 경험하는 즐거움, 성장(의미), 몰입의

주관적 상태라고 말한다. 결국 행복한 삶은 의미 있고 몰두할 수 있는 일을 통해 즐거움을 경험하는 삶인 것이다.

 우리가 보낸 하루하루를 모두 더하였을 때 그것이 형체 없는 안개로 사라지느냐. 아니면 예술작품에 버금가는 모습으로 형상화 되느냐는 바로 우리가 어떤 일을 선택하고 그 일을 어떤 방식으로 살아가느냐에 달려 있다는 것이다.

 내가 아는 시인 중에 삶을 행복의 글꽃으로 빚어내는 시인이 있다. 강원도 원주의 농사꾼이면서 지역에서 노래방을 운영하면서 이웃과 행복을 나누는 송연화 시인이다. 송 시인은 삶의 모든 경험을 의미 있는 행복으로 그려내고 있다. 그는 이웃에게 시를 나누고 삶을 나누고 있다. 그의 시조 「행복꽃」을 감상해 보자.

시골 집 며칠 동안
조용히 쉬다가자

맘먹고 왔더니만
정겹고 아늑하네

그대랑
작은 공간에
행복꽃이 피어요
- 시조 「행복꽃」 전문

송 시인은 행복한 삶을 그림 그리듯이 매일매일 시를 쓰고 있다. 그래서 나는 송 시인을 '행복의 글꽃을 피우는 시인'이라고 말하곤 한다.

그대와 마주 잡은 / 두 손 고이 살갑게
그윽한 향기 품고 / 살포시 살고지고
마음에 가득 품은 꽃 / 내 사랑 행복이지
— 시조 「행복의 꽃」 전문

송연화 시인은 삶의 현장에서 늘 글밥 짓기에 전념한다. 농사를 짓는 아낙으로 자연을 벗하는 시인이다. 땅에 씨앗을 뿌려 농작물을 정성 들여 가꾸듯이 시인은 이웃과 나눔을 늘 실천한다. 더불어 노래방을 운영하면서 이웃들에게 시심을 나누고 행복을 전하고 있는 것이다. 그 나눔의 삶을 한 편의 시로 표현하고 있다. 이것이 송연화 시인의 꿈꾸는 행복이다.

자연과 벗하면서 일상들 사진 찍고
평범한 일상 속에 행복을 찾아가는
주인공 나의 그대들 그리운 날 만나요
— 시조 「그리운 날 만나요(2)」 전문

송연화 시인은 2019년부터 본격적으로 시조를 쓰고 있다. 그의 시의 일상은 자신만이 아닌 다른 사람들이 많이 등장한다. 글벗문학회 문우들, 친구와 남편, 그리고 이웃들이다.

어수선한 삶 속에서 삼월은 찾아왔다
나무의 꽃눈들이 볼록하게 물오르고
들녘의 일손들은 또 한해 농사 준비

폐비닐을 걷으면서 밭 정리 작업 시작
어깨에 내린 햇살 곱고도 따사롭다
총총히 걸어온 삼월 반갑고도 아쉬워라

손잡고 들과 산으로 농사철 되기 전에
바다로 아름다운 여행 떠나고 싶은 심정
삼월의 행복한 추억 가슴 속에 담으리
– 시조 「삼월」 전문

2020년 봄은 온 나라가 코로나 바이러스로 몸살을 앓고 있다. 농사꾼이 제일 바쁜 중임에도 바다로 떠나고 싶은 마음은 당연하다. 그 아쉬운 심정과 봄을 맞이하는 반갑고 들뜬 마음을 표현한다. 하지만 시인은 그럴 수 없기에 안타까운 마음으로 모든 사람이 행복할 수 있는 봄을 꿈꾸는 것이다. 마치 아기걸음이지만 설렘을 가득 안고 행복의 시를 쓰고 싶은 것이다.

　　잠자던 꿈이 살짝 살며시 다가와서
　　살랑살랑 깨어나 오솔길 찾아가네
　　뒤뚱이 아기걸음아 어서 가자 신나게

　　자식 같은 시집 출간 한 권 두 권 쌓여서
　　가슴이 콩닥콩닥 나의 삶 나의 사랑
　　까르르 해맑은 웃음 행복꽃이 피었네
　　- 시조「꿈은 날개를 달고」전문

　시를 쓰는 시인에게 시집 출간은 설렘과 해맑은 웃음을
가져다 준 행복꽃임 분명하다. 그 마음은 해맑고 솔직하다.

　송연화 시인의 시적 경향은 다소 바뀌었다. 첫 시집 『아
름다운 동행』부터 여섯 번째 시집 『그리운 날 만나요』
까지는 서정시 중심의 시에만 몰입했다. 하지만 지금은 짧
고 간결한 시조 쓰기 매력에 푹 빠져 시조 창작에 열중하
고 있다. 그 때문에 이번 일곱 번째 시집은 시조 작품집이
라고 할만하다. 송 시인은 이제 복잡한 삶에서 간결하고
정돈된 삶으로 살아가고 있는 것은 아닐까. 간결하고 정돈
된 시조 창작을 통해 운율이 살아있는 행복으로 가득하다.

여름날 깊은 산속
오르막 내리막 길
살이 통통 물오른
몽실몽실 자연산
귀한 몸 노루궁뎅이
비싼 몸값 하려나

따스한 향기 담아
한 모금 두 모금
내 한 몸 건강지킴
행복으로 가는 길
불안함 싹 날려 쌩긋
건강한 몸 최고야
  ─ 시조 「노루궁뎅이 차」 전문

  노루궁뎅이 버섯을 채취하여 차를 마시는 시인의 행복한
모습을 담은 시조다. 행복은 건강에서 시작된다. 그 때문에
건강은 행복으로 가는 길임을 밝히고 있다. 자신이 살고
있는 일터인 강원도 원주와 횡성에서 그의 삶은 더욱 건강
하다. 그 건강함은 자연과의 만남도 있지만 이웃과의 나눔
에서 볼 수 있다. 그는 코로나 바이러스로 어려움에 처해
있을 때 지역사회에서는 물론이고 글벗문학회 이웃돕기 나
눔 운동에도 적극 참여하여 나눔을 실천하는 시인이다. 그

의 행복한 삶이 시와 시조에서 자주 등장하고 있다.

 마치 얼음장 밑에서 꿈틀거리는 새싹들의 꽃망울을 소망
하듯이 시인은 언제나 행복의 시를 쓰고 싶은 것이다.

 복수초 겨울 내내
 얼음장 밑에 꿈틀

 새싹을 꽃망울로
 활짝 피워 곁으로

 첫 만남 얼음새꽃은
 영원한 행복이라죠
 － 시조 「복수초」 전문

 그의 시심은 늘 아이처럼 맑고 싱그럽다. 겨울을 이겨내
고 꽃을 피운 복수초처럼 아픔 속에서도 꽃을 피우는 행복
에 더욱 집중한다. 더욱이 강원도 원주의 넓은 대지에서
농사를 짓는 힘겨운 삶 속에서도 시인은 시조 창작 활동과
글나눔에 정진하고 있다. 글벗문학회에서도 늘 하루에 한
편이상의 시와 시조를 창작하는 왕성한 활동으로 그 이름
이 유명하다. 2018년부터 3년간 일곱 권의 시집을 출간했
으니 그의 창작의 열정을 이해할 수 있을 것이다. 그는 자
연과 함께 하는 삶이 행복하다고 말한다. 그리고 시를 쓰
는 것이 행복하다고 자주 말하곤 한다.

그의 또 다른 시조작품 「눈꽃」을 감상해 보자.

깊은 산 고즈넉한
동화속의 산사엔

사방이 눈꽃으로
방글방글 활짝 피니

온 마음
상큼한 기쁨
벅차오르는 행복
– 시조 「눈꽃」 전문

 자연이 곧 시인의 스승이 아니던가. 시인은 자연의 아름
다움 속에서 아이처럼 맑고 깨끗한 마음으로 행복을 만난
다. 그의 삶이 온통 행복인 것이다. 그 때문에 아픔이 있어
도 그를 이겨낸 행복의 시를 쓸 수밖에 없지 않겠는가. 그
는 늘 나눔을 실천한다. 그는 자연에게 많은 것을 얻는다.
그리고 그 수확물을 어려운 이웃과 글벗들에게 나누고 있
다. 어렵고 힘든 사람을 만나면 그냥 넘어가는 법이 없다.
몸이 불편한 사람에게는 약초와 더덕을 달여 보내는 것은
물론이고 어렵고 힘든 상황에 있는 글벗에게는 남몰래 후
원하거나 저서 무료 출간을 간곡히 추천하기도 한다. 시인

의 순수하고 맑은 마음이 참으로 존경스럽다.

　지식이 풍부하여 한평생 강단으로
　꼿꼿이 시조 짓고 좋아라 취미생활
　보는 이 저절로 감탄 그 소원 이루셨네

　스승의 은혜로움 마지막 천사 선물
　두 볼에 염치없이 내리는 눈물바람
　오라벙 좋아하실까 누이동생 신나요
　－ 시조 「스승의 은혜」 전문

어느 봄날이던가. 내게 전화가 왔다. 병중에 있는 어르신 문인이 계시고 어려운 문우가 있다며 시집 출간을 지원해 주길 원했다. 마침 글벗문학회는 2007년부터 가난한 학생들을 돕는 글벗장학회를 운영하는 것은 물론 연로한 어르신이나 장애인을 후원하는 나눔 활동을 실천하고 있었다. 그 때에 송 시인에게서 간곡한 요청이 왔다. 글벗문학회에서 어려운 이웃과 문우들을 돕는 나눔을 실천해 달라는 것이다. 그 뜻과 생각이 참으로 아름다웠다. 필자와 글벗문학회는 이에 공감하고 동참하겠다는 의사를 표명한 바 있다.

결론적으로 송연화 시인은 시와 시조를 쓰는 시인이다. 그는 시를 쓰는 것이 참 행복하다고 말한다. 그래서 필자는 송연화 시인을 감히 '행복꽃 시인'이라고 말하고 싶다. 언제나 이웃에게 사랑의 씨앗을 나누기 위해 오늘도 열정으로 공부하고 있다. 시조를 열심히 배우고 있는 것이다. 그래서 그의 언어는 나눔의 행복꽃을 아름답게 피우고 있는 것이다. 마음을 담은 농산물로 이웃 사랑을 실천하고 어려운 이웃들에게 나눔을 실천하는 그 따뜻한 마음으로.

송 시인은 이제 6월의 강원도 고성군에서 열리는 제13회 라벤더축제 글벗시화전에 작품 출품을 준비하고 있다. 그의 행복의 시를 다시금 만나보자.

> 그리움이 몽글몽글
> 아지랑이 피어나듯
> 가슴 골 깊은 시심
> 행복꽃 방글방글
>
> 고운 꿈 활짝 펼칠
> 글벗 가족의 꽃 사랑 잔치
> 작은 나눔 속에 큰 기쁨
>
> 라벤더 시화전이 열리는 곳
> 강원도 고성 어천리 마을
> - 시 「고성 라벤더 축제」 중에서

그의 글 마음은 사랑의 마음이다. 가슴에 피는 그 열정은 나눔의 따뜻한 봄을 부르고 있다. 서둘러 코로나 바이러스가 물러나고 유월의 고성 라벤더 축제장을 꿈꾸고 있는 것이다.

봄아, 봄아 오너라 / 산 넘고 물을 건너서 / 함께 가자 어천리
꽃 찾아 향기 따라 / 벌 나비되어 훨훨 / 보랏빛 물결치는 유
월은 꿈 익는 날 / 향기 가득 고이 품고 / 글벗 시화 만나자
– 시 「꿈이 익는 계절」 중에서

어느덧 송연화 시인은 3년간에 걸쳐 일곱 권의 시집을 출간했다. 나눔을 실천하는 아름다운 삶이 그의 시와 시조의 창작 배경이다. 다시금 존경의 마음을 표한다. 더불어 그가 실천하는 행복의 글밥 짓기를 응원한다. 부디 행복한 시심이 모든 글벗과 이웃들에게 따뜻하게 전해지길 기원한다.
필자는 송 시인의 작품을 통해서 큰 깨달음을 얻었다.
"행복은 만들어가는 것이다."

■ **글벗시선 101** 송연화의 일곱 번째 시집

행복꽃

인 쇄 일 2020년 4월 10일
발 행 일 2020년 4월 10일
지 은 이 송 연 화
펴 낸 이 한 주 희
펴 낸 곳 도서출판 글벗
출판등록 2007. 10. 29(제406-2007-100호)
주 소 경기도 파주시 와석순환로 16,(야당동)
　　　　　롯데캐슬파크타운 905동 1104호
홈페이지 http://guelbut.co.kr
E-mail juhee6305@hanmail.net
전화번호 031-957-1461
팩 스 031-957-7319
가 격 15,000원
I S B N 978-89-6533-137-7 04810